Ignácio de Loyola Brandão

Os olhos cegos dos cavalos loucos

ilustrado por Alexandre Rampazo

Prêmio Jabuti - Categoria Juvenil - 2015

MODERNA

© IGNÁCIO DE LOYOLA BRANDÃO, 2014

COORDENAÇÃO EDITORIAL **Maristela Petrili de Almeida Leite**
EDIÇÃO DE TEXTO **Marília Mendes**
COORDENAÇÃO DE EDIÇÃO DE ARTE/PROJETO GRÁFICO **Camila Fiorenza**
DIAGRAMAÇÃO **Cristina Uetake, Elisa Nogueira**
ILUSTRAÇÃO DE CAPA E MIOLO **Alexandre Rampazo**
COORDENAÇÃO DE REVISÃO **Elaine Cristina del Nero**
REVISÃO **Nair Hitomi Kayo**
COORDENAÇÃO DE *BUREAU* **Américo Jesus**
PRÉ-IMPRESSÃO **Helio P. de Souza Filho**
COORDENAÇÃO DE PRODUÇÃO EDITORIAL **Wilson Aparecido Troque**
IMPRESSÃO E ACABAMENTO Meta Brasil

Lote: 777.145
Código: 12093495

Dados Internacionais de Catalogação na Publicação (CIP)
(Câmara Brasileira do Livro, SP, Brasil)

Brandão, Ignácio de Loyola
　　Os olhos cegos dos cavalos loucos / Ignácio de Loyola
Brandão ; ilustrações Alexandre Rampazo.
– 1. ed. – São Paulo : Moderna, 2014. –

　　1. Ficção brasileira I. Rampazo, Alexandre
II. Título. III. Série.

ISBN: 978-85-16-09349-5

14-00870 　　　　　　　　　　　　　　CDD-869.93

Índices para catálogo sistemático:
1. Ficção : Literatura brasileira 869.93

Reprodução proibida.
Art. 184 do Código Penal e Lei 9.610 de 19 de fevereiro de 1998.
Todos os direitos reservados.

Editora Moderna ltda.
Rua Padre Adelino, 758 - Belenzinho
São Paulo - SP - Brasil - CEP 03303-904
Vendas e atendimento:
Tel. (0_11) 2790-1300
www.modernaliteratura.com.br
2014
Impresso no Brasil

Para Pedro, Lucas, Felipe e Stella, tataranetos do Velho Brandão, que teve seu Circo de Cavalinhos em Matão, interior de São Paulo, nos primeiros anos do século XX e viveu esta história.

1. A caixa proibida – 9

2. A oficina de marceneiro,
lugar mágico – 15

3. As unhas coloridas de
tia Margarida – 21

4. Fazer um circo de cavalinhos – 25

5. Relincha, gritou o avô
ao cavalo de pau – 31

6. Olhos de ouro, do fogo, das águas – 35

7. Os olhos dos cavalos desaparecem – 43

8. Por que há gente tão ruim? – 47

9. Um dia, até o mundo
vai se acabar – 57

1. A caixa proibida

Vovô José, você morreu em 1969.[1] Mas o que digo agora, tantos anos depois, você vai ouvir. Não sei como, mas vai. Se não me ouvir, como fico?

Lembra-se? Muito, muito lá atrás, a manhã em que você entrou na oficina, abriu a gaveta e tirou a caixa vermelha de madeira, brilhando de envernizada.

Pegou a chave, abriu e deu um grito. Nunca me esqueci daquele grito, nunca vou esquecer. Nunca tinha ouvido você gritar, foi um grito de tristeza, de raiva.

Seu grito foi tamanho que vovó Branca correu para saber se você tinha se machucado, tantas eram as ferramentas pontiagudas que faziam parte de seu trabalho de marceneiro. Ela chegou, você apontou para a caixa envernizada.

— Olha só: vazia!

— Vazia?

---

[1] José Maria Ferreira Brandão, meu avô, foi marceneiro, seleiro, barbeiro e delegado de polícia. Morreu aos 93 anos, lúcido.

— Sumiram os olhos.

— Como é possível?

— Não ficou nada.

— Terá sido algum neto?

— Os netos sempre souberam que não podiam mexer na caixa. Era a coisa mais proibida do mundo. E tinham respeito, são meninos bons. Netos ladrões? Não!

— Foi um moleque de rua? É fácil pular esse muro.

— Não sei... Não tenho como saber.

Naquela noite, saí pelas ruas de Araraquara. Tinha chovido, tudo deserto, as pedras das ruas brilhavam. As pedras rosadas das calçadas estavam cheias de poças. Nelas eu tinha perdido tudo.

Não sei se o que digo vai chegar a você, meu avô. Acho que sim. Não sei como, mas vai chegar. Você dizia que o vento traz e leva tudo de bom e de ruim, ele vê tudo, conta tudo. Tomara que leve o que tenho a lhe dizer.

Aquele dia foi uma pancada, que me doeu a vida inteira. Carreguei a tarde e seu grito todos esses anos. Pensando em como me livrar dele e me desculpar.

No fundo, acho que, ao abrir a caixa e levar um choque, você tenha desconfiado quem a esvaziara. Eu era o que mais rondava a oficina. Percebia que era seu neto predileto, você queria que eu também fosse marceneiro.

Nada disse, guardou, não sei por quê. Vovó apoiou a mão em seu ombro. Você tocou a mão dela com a esquerda, enquanto com a direita mantinha aberta a tampa da caixa vazia. Vi que estava mal, parece que ia desmaiar. Logo você, tão forte!

◆ 10 ◆

Naquela noite, não houve a roda de cadeiras na calçada, quando os mais velhos se reuniam, conversavam, discutiam. Não houve café com bolos. Você, vovô, não saiu da sala. Naquela altura, tinha levado a caixa para dentro de casa, deixando-a aberta em cima da mesa. Aquele vazio explodia minha cabeça. Os netos foram chegando, como todas as noites, e sentiram que alguma coisa esquisita tinha acontecido. Ficamos em volta, enquanto você contemplava o nada. Tia Margarida, irmã de vovó Branca, foi quem disse *contemplar* — eu nem conhecia essa palavra, ela me explicou que era o mesmo que olhar. Gostei, contemplar.

Vovó, terço na mão, rezava para santo Antônio e são Longuinho, os santos que ajudam a achar coisas. Ela disse:

— Você não pode ficar assim, José Maria. Não é motivo para tanto.

— Como não é? Você sabe o que significavam aqueles olhos.

— Sei, mas aconteceu. Tem coisa pior no mundo. Um filho morrer, por exemplo.

— Sabe quantos anos eles ficaram guardados nessa caixa?

— Muitos, eu sei.

— Os olhos se foram, agora tudo acabou de vez! Os olhos brancos. Senti tanto perder os olhos brancos!

— Dos cavalos cegos?

— Dos cavalos loucos.

Morto de curiosidade, entrei no assunto:

— Olhos? Cavalos cegos? Cavalos loucos? Do que estão falando?

Tia Margarida me segurou:

— Depois conto. Agora não é hora. Vai machucar mais.

— Machucar? Morreu alguém?

— Pior!

Ela fechou a cara, desisti. Mistério. Conhecia a braveza de tia Margarida. Aleijada, mancava de uma perna, tinha um pé torto. Vovó disse que ela havia tido febre quando criança. Ninguém sabia a idade dela. Parecia velha, mas vovó, um dia, disse que não, era moça. Só não contou quantos anos tinha. O que eu tinha feito de tão mau? Tinha pegado as bolinhas de vidro da caixa e jogado com a molecada na rua. Perdi, só isso! Credo em cruz! Parece que alguém tinha morrido.

A família em volta, sem nenhum ânimo. Quando vovô se abatia, todos se abatiam.

2. A oficina de marceneiro, lugar mágico

Vovó me deixou gelado:

— Seu avô pode até morrer!

— Morrer?

— De tristeza. Anos e anos seu avô guardou os olhos dos cavalos. E desapareceram, não ficou nenhum.

Ela não parecia brava, apenas muito cansada:

— Quem fez, fez muito mal. José Maria está arrasado, como nunca vi. E olhe que estamos casados há tanto tempo que já me esqueci quanto.

Estávamos de férias. Era quando vovô passava o tempo a nos fazer brinquedos com as sobras de madeira. Calados, olhando uns para os outros, como que perguntando: "O que foi? Quem foi?". Fiquei aflito, sabia que tinha feito alguma coisa ruim. Mas será que tão ruim?

Adorava meu avô José, marceneiro, pai de meu pai. Tinha seu barracão nos fundos da casa. Lugar mágico que cheirava a madeira, cola, verniz, serragem, cigarro de palha, óleo de máquina. Na hora de brincar, meus primos e eu corríamos à oficina para ver se havia um pedaço de madeira sobrando, um toquinho, tábuas, pedaços de ripa e de caibro, restos da madeira que vovô usava ao fazer móveis. Qualquer pau que pudesse se passar por locomotiva, caminhão, cavalo, elefante, casa, estação, posto de gasolina, igreja, chafariz. Eu olhava para a madeira e sabia: esta é a casa do médico, aquela a delegacia, essa outra uma carroça; a tábua pode ser armazém; o toco maior, a igreja. Era só pensar "Este pau é vagão, casa, homem, bicho, locomotiva, avião", e depois virava aquilo que a gente queria.

Por toda parte, embaixo da bancada de trabalho e nas paredes da marcenaria, havia prateleiras que ameaçavam cair, cheias de caixas de todos os tamanhos. Caixas que vovô mesmo fazia para guardar pregos, parafusos, tachinhas, alicates, sovelas, lixas, porcas, rolimãs, brocas, carbonos, lápis quadrado vermelho de marceneiro, latinhas de cola e de verniz, anilinas para colorir objetos, tesourinhas, navalhas, formões, grosas, limas, serrinhas.

Aquilo cheirava a poeira, fuligem, pó de metal, serragem, verniz. Havia umas caixas novas de cedro, que tinham cheiro bom, e outras de uma madeira esquisita, que fedia a cocô. Vovô explicava que era cedrilho, mas que o povo chamava de pau-bosta. Dizia vovô que cedrilho não é o cedrinho, aquele que cheira bem e perfuma a casa.

A caixa vermelha, brilhante, empoeirada, lá no fundinho, era proibida. Sabíamos. Mas queríamos abrir, ver. "Não pode, não pode", era o que a gente ouvia. Vinham ameaças de castigos, surras. Eu vivia perguntando a vovó Branca:

— O que tem na caixa que a gente não pode mexer?

— Coisas do seu avô.

— Por que a gente não pode ver?

— Ele não quer.

— Não quer por quê?

— Não quer porque é uma coisa importante para ele.

— Importante por quê?

— Vou marcar o tanto de porquês que vocês perguntam e, quando chegar aos cem, vão levar cem bordoadas — ela ameaçava.

— Caixa maldita!

— Bata na boca! Lave com sabão! Bendita! Isso é o que a caixa é. Lembrança de um período feliz. Alegre.

Quando queria, vovó falava bonito; ela tinha estudado e lia livros. A caixa de bolinhas, meu Deus! Minha santa, me proteja! O que fiz? Os dias passavam, o cerco apertava. Vovó olhava para cada um de nós, assuntando. Eu desviava o olhar, tinha medo de me comprometer. Deixei de ir lá, passava rápido, nem ia à oficina. Teria de esperar pela temporada das bolinhas de gude. Ainda demoraria.

Havia temporada para tudo — empinar papagaio ou pipa, brincar de esconde-esconde, meia-noite, caça aos besouros, caça às marias-fedidas, pião, rodar pneu, andar de carrinho de rolimã, fazer corrida de patinete, catar içá-bundudo, jogar tampinha de cerveja, vender dobradura de papel, fazer concurso de adivinhação, encher álbum de figurinhas. E jogar bolinha de gude. Agora, eu precisava esperar e me preparar, porque sabia mais ou menos onde estava cada uma das bolinhas que havia perdido. O Nerevaldo tinha muitas com ele. Vencia todo mundo, era um craque. Ganhar do Nerevaldo? Impossível.

Para recuperar as bolinhas, precisava treinar muito, ficar com o fino da pontaria, e foi isso que fiz por dias e dias no quintal e nas calçadas. Fui de calçada em calçada; os jogos eram diante da casa de cada menino, território que Nerevaldo conhecia bem, era ali que ele desafiava e jogava. Só que havia pouca gente jogando, não era mesmo época. As calçadas da cidade eram feitas de pedras rosadas, irregulares, do jeito que saíam das pedreiras — ainda com as marcas dos dinossauros, diziam as professoras. Dinossauros que tinham vivido na cidade há milhões de anos. Eu não entendia essa história, nem imaginava o que pudesse ser milhões de anos.

3. As unhas coloridas de tia Margarida

Eu infernizava tia Margarida, todos os dias. Queria porque queria saber que história era aquela dos olhos dos cavalos. Que olhos? Que cavalos? Ninguém conversava com criança, ninguém explicava, ficava tudo escondido, muito esquisito.

— Conta, tia Margarida. Fala dos olhos dos cavalos.

— Só falo se for comprar esmalte para mim.

— Vou. Me dá o dinheiro!

— Que dinheiro? Compre com o seu dinheiro!

— Meu? Não tenho.

— Não quero saber. Vi que os tios e os padrinhos te deram um bom dinheirinho no aniversário.

— Mas e o sorvete? Os doces? As balas de figurinhas?

— Vá já buscar meu esmalte. Cor-de-rosa. Um rosa forte, alegre como risada de namorado.

Para ela, não havia nada mais bonito e feliz que as risadas dos namorados. Vai ver porque nunca tinha tido um. Quase nada sabíamos da vida dela, apenas que tinha se formado professora e começado a dar aulas em Matão,[2] mas que os alunos implicavam, riam dela, e assim acabou mandada embora, nunca mais arranjou trabalho. Acho que nem quis.

Tia Margarida gostava de ler, arranjava livros, recortava a página infantil de revistas religiosas como *Ave Maria*. Tinha mais de dez livros, um deles muito grosso, que um caixeiro-viajante havia vendido ao vovô; eram os *Contos da Carochinha*, com histórias que ela estava sempre lendo. "As mesmas, tia? Não é chato?" "Vou mudando as histórias por minha conta", respondia. As unhas dela impressionavam. Coloridíssimas. Quando fez aniversário (quantos anos tinha?), pediu vidros de esmalte de presente e pintou uma unha de cada cor.

Não havia nada mais gostoso do que sentar-se no chão da sala para ouvir as histórias de tia Margarida. Podíamos ficar horas. As bundas gelavam no chão frio, e até vovó vinha ouvir enquanto escolhia arroz. De vez em quando, as duas sorriam e se entreolhavam. O que isso queria dizer? Os grandes tinham segredos entre eles, desconfiávamos pela maneira que olhavam uns para os outros. O que havia que nós, crianças, não podíamos saber? Por que aquelas bolinhas de vidro tinham provocado tanto alvoroço? Vovô não era criança, não jogava com elas. Vovó estava me olhando de um jeito diferente? Ou era impressão?

Então vovô caiu doente, de cama. O médico disse: fiz todos os exames, ele não tem nada, está desmilinguindo. Enfraquece a cada dia, só fazendo promessa, novena. Vovó se desesperou.

---

[2] Matão, elevada a município em 1898, é vizinha a Araraquara, interior de São Paulo, distante 37 quilômetros.

— Se o médico manda rezar, o que sobra? — perguntou.

Não morra, não morra, não morra, eu dizia todos os dias, todas as horas. Cheio de medo.

4. Fazer um circo de cavalinhos

Em dezembro, ele começou a melhorar. Havia encomendas se amontoando na oficina, e vovô passou a tomar Biotônico Fontoura, gemada, comia rabanada, muita carne com músculo. Vovó Branca convocou todo mundo para montar o presépio. Colocar as imagens, as casas dos pastores, os carneiros, a gruta, a serragem, a areia, as latinhas de água que faziam os lagos. Tia Margarida havia prometido contar tudo. Naquela tarde, estava chovendo; chovia muito em dezembro. Montado o presépio (o Menino Jesus, este só era colocado na noite de Natal), vovó trouxe uma chaleira de chocolate e um monte de roscas de coco.

Vovô estava na oficina, tinha a encomenda de uma cama para o Carmona, dono da fábrica de macarrão.

— Assim ele se distrai, esquece a caixa dos olhos — cochichou vovó. — Esse trabalho é bom; Carmona paga uma parte em dinheiro, outra em macarrão.

A chuva, quinhentões,[3] caía no telhado. A enxurrada corria, fazia barulho na sarjeta. Estava escuro, mas vovó não acendeu a lâmpada; não se

---

[3] *Quinhentões* era como as crianças chamavam os grossos pingos de chuva, por associação com as moedas de quinhentos réis.

◆ 25 ◆

acendiam luzes de dia, ficava caro. Tia Margarida sempre demorava para começar, porque ficava à espera de um barulho, uma tosse, uma risadinha. Calamo-nos, ninguém olhava para o outro para não rir.

— Sabem que a gente morava em Matão, não sabem? Um dia, não se tem ideia como, porque lá não chegava quase nada, era o fim do mundo, caiu na mão do José Maria... — Assim como vovó, ela sempre chamava vovô pelo primeiro nome completo — ... a página de uma revista. Bem, não sei se era página de revista ou o quê. Era uma fotografia colorida, linda. Tudo escrito em outra língua.

Quando foi? Boa pergunta. José Maria estava com trinta e poucos anos, homem sacudido.

Ele ficou maluco com aquela página. Mostrava um circo de cavalinhos[4] colorido, iluminado, e o jeito que tinham tirado a foto dava a sensação de que os cavalos estavam girando velozmente e eram selvagens e bravos. Pensando bem, pode ser que nem fosse foto; podia ser um quadro, uma pintura... Não importa. Acontece que aquela pintura ou fotografia transtornou

---
[4] *Circo de cavalinhos* era o nome que davam a carrossel no interior.

• 27 •

seu avô. Ficou vidrado. Passava as noites a olhar para ela. Pendurou na parede da oficina. Não, não era essa oficina que vocês conhecem. Era a oficina que ele tinha lá em Matão, muito antes de ter se mudado para cá, para Araraquara.

Tia Margarida olhou para mim. Estremeci. Desconfiava? Estava ficando complicado, eu precisava recuperar aquelas bolinhas, devolver à caixa, que agora ficava aberta em cima da banca da oficina, como que à espera que alguém, de noite ou quando a oficina estivesse vazia, viesse devolver as bolinhas. Inteligente, meu avô.

A tia continuou:

— Eu via seu avô sentado à mesa, de noite, iluminado pelo lampião, olhando aquela fotografia ou pintura. Então, ele começou a fazer desenhos no papel com o lápis de carpinteiro. Lembra-se, Branca? Um dia, José Maria começou a repetir:

"Dá para fazer. Dá para fazer!"

"Dá para fazer o quê, homem de Deus?"

"Um cavalo desses!"

"Um cavalo?"

"Um só, não! Um circo de cavalinhos inteiro!"

"Está louco?! Fazer como? E lá tem tempo?"

"Tenho. Só não tem tempo quem não quer. Quanto mais ocupado um homem é, mais tempo tem."

"Vai fazer um circo de cavalinhos para quê?"

"Vou rodar por aí! Quer coisa mais alegre? Posso ganhar um dinheirinho. Viver melhor."

"Só me faltava essa! Correr de cidade em cidade, como gente de circo. Não somos ciganos."

"Nunca olhou para a vida que a gente vive? Sempre igual. Eu naquela bancada fazendo armários, mesas, cadeiras, estantes! Coisas boas, necessárias. Mas a vida precisa de alguma graça, alegria. Antes a gente fosse de circo. Fico pensando na cara das crianças galopando nos cavalinhos de pau."

5. Relincha, gritou o avô ao cavalo de pau

A partir daí, todo dia, José Maria ia para o mato e passava horas a escolher madeira resistente. Madeira não faltava. Quantas vezes não fui junto para ver como se escolhia a madeira?! Uma vez achada, ele derrubava a árvore. Tinha o cuidado de derrubar apenas a que precisava, protegia os arbustos em torno. Ele alugou um trole e foi buscar sua árvore. Ela ficou no quintal. José Maria esperou dois meses olhando o tronco secar, calculando por onde começar, as peças que sairiam dali. O corpo do cavalo, as pernas, o pescoço, a cabeça. Não pensava mais em coisa alguma.

Meses de muito sol, a madeira secou, ele começou. Veio o corpo, e lembro que seu avô era mesmo um escultor. A cada dia a gente via a barriga, o peito, os músculos, os riscos levíssimos que eram os pelos. Depois, separadas, vieram as pernas, e a sensação era que o cavalo estava galopando, as patas erguidas. Patas perfeitas, com cascos que ele pintou de preto. Finalmente, a cabeça. Deu imenso trabalho. Fez, refez, buscou mais madeira. Dizia: "A cabeça está dentro desta madeira.

O problema é que não consigo vê-la, assim não posso tirá-la daí". Coisas dele! Cada um tem as suas. Chegou a hora em que ele viu a cabeça dentro do tronco. Aquilo saía dele ou saía de dentro da árvore?

Por quinze dias, parou com tudo. Atrasou a entrega de um guarda-louça com vidros de cristal para uma moça que ia casar. Enfiou-se na oficina. Trabalhava, não comia, tomava café, café, café — os Brandão sempre tomaram muito café. Era incrível como a cabeça dele funcionava, encantado com as imagens. Desesperava-se quando errava e precisava recomeçar. Saltava de alegria quando concluía cada parte do cavalo.

Estive ao lado dele na oficina, o tempo todo, sentada na cadeirinha que, por causa do pé torto, ele me construiu. Eu adorava ficar ao lado, José Maria me dava atenção, falava comigo. Ele caprichou nas pernas, cada cavalo foi criado em um movimento gracioso, estudado. Os animais pareciam correr, saltar, galopar, trotar. Todos os dias ele ficava na esquina, passava sempre algum cavaleiro ou os cavalos que puxavam as carroças das padarias e desenhava, copiando com seu lápis quadrado de marceneiro. Uma tarde, quando a primeira cabeça começou a sair de dentro da madeira, José Maria ficou como que desvairado. Acariciava a madeira com o formão, e vi surgirem a boca, o nariz, os olhos, os dentes. Coisa bonita, um cavalo sorridente naquela madeira vermelha, não sei que pau estava usando. Só sei que cheirava gostoso. Talvez cedro; as coisas boas feitas de cedro perfumado duram uma vida. Naquele dia, ele trabalhou até o sol desaparecer. Acendeu lampiões e, quando terminou, estava exausto, esfomeado. Devorou um prato de linguiça com ovo e banana.

Na hora em que terminou o primeiro cavalo, aquela perfeição, José Maria atirou o formão no joelho do bicho, gritando com força: "Relincha!" Porque só faltava mesmo relinchar. "Eles vão estar prontos no dia em que relincharem!", exclamou. Acreditava que isso aconteceria.

6. Olhos de ouro, do fogo, das águas

Naquela noite, José Maria levantou-se com um barulho e foi até a oficina, inquieto: "Juro que acordei porque ouvi um relincho, só podia ser meu cavalo. Fiquei com medo de que tivesse fugido". Ficamos preocupados: será que ele estaria de miolo mole com tanto trabalho? Tínhamos receio de ser caso de hospício. Pronto o primeiro cavalo, veio o segundo, o terceiro, o nono. José Maria levou um ano e meio para criar os nove cavalos. Perfeitos, orelhas de couro, crina e rabo feitos com fios de corda tingidos um a um por você, Branca. Para as selas, ele passou dias em Araraquara e o Biancardi fez para ele, em couro verdadeiro, perfeitas. E os olhos? Como brilhavam os olhos dos cavalos!

Ele vinha a Araraquara procurar bolinhas de vidro. Virou a cidade procurando, foi achar na Papelaria Rodella.[5] Colocou-as sobre a mesa, separando duas a duas. Azuis para o cavalo dos mares, que pode nadar. Amarelas para o nobre animal das minas de ouro. Verdes para o cavalo selvagem das florestas, que só foi montado

---

[5] Essa centenária papelaria, na avenida São Paulo, centro de Araraquara, fechou em 2012.

por duendes, fadas e bruxas. As vermelhas eram de cavalos furiosos, cuspidos pelos vulcões do fundo da terra, onde habita o fogo.

Vovó interrompeu:

— Aí tinha sua mão, Margarida. Essa sua cabeça cheia de fantasias, nunca teve o pé no chão, e José Maria gostava disso. Vocês eram iguais.

— Vieram as bolinhas brancas, sem graça — continuou tia Margarida. — As poucas coloridas tinham se acabado, e José Maria teve de ficar com as brancas. "Cavalos com olhos brancos?", comentou seu avô. "Sem graça. Parecem cavalos cegos." Eu então disse: "Isso mesmo! São os olhos dos cavalos que mergulharam no mar e ficaram cegos pelo sal. Cavalos que conseguem adivinhar tudo!". Assim ficou. Agora os nove cavalos tinham olhos, colocados nos buracos com cola de sapateiro.

Lembra-se, Branca, de depois que tudo terminou? Nunca tínhamos visto uma pessoa tão feliz! José Maria remoçou, disposto, festeiro. O homem caseiro virou outro; toda vez que a banda tocava, ele ia para a praça. Não perdia apresentação da Corporação Musical Coronel Caetano Borges,[6] dançava, estava nas quermesses, arrematava prendas, comprava bilhetes, ganhava frangos e bolos.

Demorou para arranjar a árvore pesada que formaria o mastro central, onde o circo de cavalinhos se apoiaria para girar. Achou no Itaquerê, e foi preciso dois cavalos para puxar a árvore do mato, enrolada em correntes. A pintura dos cavalos

---

[6] Azor Silveira Leite, *Uma história para Matão*, v. III, "Centenário da 1ª missa no arraial do Senhor Bom Jesus das Palmeiras". Matão: Imag Gráfica e Editora, 1995.

foi cuidadosa. Cada cor copiada da fotografia da revista, ou de fosse lá o que fosse.

Sei que o circo foi montado pela primeira vez em 1910, porque José Maria comemorou o aniversário, os 34 anos, e em seguida foi para o largo da Matriz. Acendeu ele mesmo cada lampião de petróleo,[7] dispensando a ajuda do Nicola Ombro Caído, o acendedor oficial da cidade. Ombro Caído, sim. A escada de subir em poste, o Nicola a tinha carregado por tantos anos, no mesmo lado, que o ombro caiu.

Inauguração do Circo de Cavalinhos do Velho Brandão,[8] como bem depois ficaria conhecido. José Maria cuidou de cada detalhe. Havia lampiões em torno do tablado, mais lampiões que giravam com a plataforma. Antes das sete horas, José Maria puxou a chita que escondia tudo e passou uma flanela nova em cada cavalo. Já tinha gente admirando. Era muita gente curiosa, mas dariam uma volta nos cavalinhos?

O doceiro instalou sua banca, com arroz-doce em tigelinhas, queijadinha, biscoito de sequilho, suspiro, sonho, brevidade, broas de fubá, doce de abóbora, de batata-roxa e batata-amarela, pé de moleque. Se o doceiro estava preparado e bem sortido, era porque esperava movimento. Pipoqueiros também apareceram. Seu avô achou bom, aqueles eram homens com faro para negócios. Viria gente. E veio. Teve movimento. O maior. Os pais chegavam, compravam bilhetes. Pagavam e entravam na fila. Eu tinha ajudado a fazer os bilhetes, recortados um a um em folhas de cartolina. Amarelos para os homens adultos, azuis para as crianças, rosa para as mulheres.

---

[7] *Petróleo*: querosene.

[8] Citado no livro de Silveira Leite.

O circo começava a rodar, empurrado por um bando de moleques com quem José Maria tinha combinado por quase nada — um copo de refresco e um pastel no fim da noite. Eles empurravam, e o tablado, quando pegava velocidade, passava a girar sozinho por uns bons minutos, bem azeitado por graxa de sebo. Esses moleques saltavam e sentavam-se no tablado, aos pés dos cavalinhos. Eles invejavam os que podiam pagar. Já os que podiam pagar invejavam os que empurravam.

Para regular o tempo de duração, José Maria tinha levado um gramofone de corda, emprestado pelo dr. Thorau, um alemão magro, de cabelos brancos, professor de latim, que tinha a casa cheia de livros. O tempo das voltas era o mesmo de uma música, valsa ou polca. Acabou a música, parava o circo, mudavam os "cavaleiros". Na primeira noite, enquanto os lampiões da cidade estiveram acesos, o circo funcionou, e o largo esteve cheio.

7. Os olhos dos cavalos desaparecem

Nessa noite, seu avô não dormiu. Colocou a cadeira na calçada, olhando o céu. Noite quente, cheia de estrelas cadentes, ele fez muitos pedidos. No dia seguinte, um domingo, ele resolveu que haveria função tanto à noite quanto à tarde — estava ficando esperto. Cedinho, comeu uma broa de milho, tomou café frio e partiu. José Maria levava sua flanelinha, queria polir os cavalinhos. Estava louco para agradecer o que eles tinham feito no sábado. Achava que os cavalos eram mágicos e haviam trabalhado bem, gratos por terem sido libertados do interior das árvores, onde estavam prisioneiros. "Eles viviam no fundo da terra, subiram pelas raízes, entraram nas árvores, então eu tirei todos dali", dizia.

— Margarida, conta como foi. Só isso, como foi!

— Sei, Branca, você pensa que isso é imaginação minha, que misturo o que leio com a vida das pessoas. Não, a vida de cada um tem mais coisas misteriosas do que se possa imaginar. Não sei quem estava mais enfeitiçado pelos cavalinhos, se José Maria ou se o povo.

• 43 •

Outra manhã, quando chegou ao largo, seu avô viu um bando de moleques em volta dos cavalinhos. Alegrou-se. Estavam admirando, para isso afinal tinha montado o tablado. José Maria foi chegando, satisfeito, e perguntou: "Então, gostaram?". Os meninos levaram o maior susto, saíram em debandada. Ele riu e começou a lustrar os cavalos com a flanelinha, todo feliz. Até chegar ao cavalo dos olhos vermelhos, quando deu com dois buracos vazios na cara do animal. Percebeu então por que os meninos tinham corrido e saiu examinando cavalo a cavalo. Tinham roubado os olhos do vermelho e do amarelo. O fogo e o ouro. Naquele domingo ainda, houve matinê. Às duas da tarde, depois de ter engolido a macarronada com frango assado, José Maria correu ao largo da Matriz. Inquieto. "Hoje é domingo, agora de manhã vou sair por aí", ele pensou. "Sei mais ou menos as caras dos meninos — cada um que estiver jogando bolinhas, eu vou examinar. Hei de pegar o safado." Não pegou e desassossegou. Teria de deixar alguém vigiando o circo de cavalinhos à noite?

8. Por que há gente tão ruim?

Depois daquele domingo, José Maria não mais dormiu tranquilo. Levantava-se no meio da noite, corria ao largo para surpreender os ladrões de olhos. Foi a Araraquara, conseguiu novos olhos. Passaram-se semanas sem que nada acontecesse, e ele se acalmou. Aí, quando parece que todos em Matão já tinham dado sua volta no circo de cavalinhos e o movimento começou a diminuir, seu avô viu que era preciso mudar de lugar. Viajou por uns dias e, quando voltou, tinha um caderninho, desses de escola, com anotações. Passou então a estudar de que modo o circo poderia viajar, como era mais fácil montar e desmontar tudo para transportar. Assim, o circo se mudou para Ribeirãozinho,[9] levado em carros de boi e em troles. Nem perguntem o que foi aquela viagem de quase uma semana! Em Ribeirãozinho, foi um movimentão — tinha mais gente, era uma vila maior. Mas roubaram os olhos de outros cavalos. Arrancaram com canivete, estragaram o buraco onde se acomodavam as bolinhas. E o circo

---

[9] Cidade que é a atual Taquaritinga, interior de São Paulo.

viajou para Pedras, o ribeirão do Bonfim, o córrego do Capão Bonito, o povoado do São Lourenço do Turvo, Cruzes, Jurupema, Palmares. É, decorei os nomes dos lugares.[10]

Você, Branca, reclamava. E como reclamava, porque José Maria ficava um mês fora. Mas voltava com um corte de tecido, um terço de cristal, um pente, uma gravura do Coração de Jesus, uma caneca de ágate com seu nome, um broche-camafeu, um baralho. Como era lindo aquele baralho espanhol! Bom para tirar sorte, segundo a cigana, que entendia dessas coisas. O avô de vocês vinha, fazia um ou dois trabalhos na marcenaria, que ameaçava mofar, e partia de novo. Diziam: José Maria pegou o bicho-carpinteiro, não para. Às vezes, ele ia a lugares distantes como Inácio Uchoa, Cândido Rodrigues, Dobrada. Virou cigano, e você protestava. "Por que não vai junto?", eu dizia. E você: "Largar a casa, largar tudo? O que vão pensar de mim, de nós?". Mas você mesma dizia que era um tempo feliz.

Ah, Branca, bem me lembro: você foi ao Turvo, aproveitou para visitar parentes, trouxe aquelas galinhas-d'angola que depois nunca teve coragem de matar para comer, elas morreram de velhas no quintal, cantando *tô fraco, tô fraco*. José Maria partia, a casa ficava deserta, batia a saudade, ele chegava, era uma festa. Ele, outro homem. Fazia o que gostava, se divertia. Não que não gostasse de ser marceneiro, artista que era — houve tempo em que faziam fila para encomendar móveis dele. Mas a marcenaria era necessidade, obrigação. Para viver. Só que ele

---

[10] Vários desses nomes mudaram. Pedras é hoje Itápolis. Cruzes se tornou Cesário Mota. Jurupema, distrito de Taquaritinga, é Jurema. E Palmares é o município de Pindorama. (Todos no Estado de São Paulo.)

descobriu que podia viver diferente, satisfeito, e isso num mundinho como o nosso, em que tudo era parado, um dia igual ao outro.

A casa mudou. Havia cortinas coloridas nas janelas, toalhas de mesa vindas de São Paulo, jarras para água de vidro bisotado, bules com flores pintadas, sandálias de couro do Rio de Janeiro. Porque ele se encontrava com viajantes, via outras pessoas, trocava ideias, gostava de novidades.

Até que começaram a acontecer coisas. Todos garantem que, por trás dos acontecimentos, estava o Serjão Malacafento, carroceiro gordinho, invejoso. Falso, falso! Devia dinheiro para todo mundo, perdia no jogo.

A meninada começou a roubar os olhos dos cavalos por ideia do Serjão. Não sei o que ele tinha contra seu avô. Pois não é que o gordinho repulsivo teve a paciência de viajar escondido até Jaboticabal e, uma noite, roubou todos os olhos de todos os cavalos, deixando-os cegos? O farmacêutico, que atendia a uma grávida na madrugada, viu que Serjão ficava rindo pela cidade e perguntando: "Quem vai ao circo dos cavalinhos cegos? Quem vai?".

Noite triste aquela. José Maria precisou ir a Araraquara para comprar novo estoque de bolinhas. Era pôr e repor, e ele estava agoniado. Não adiantava ficar vigiando, não se sabia como roubavam; era virar as costas e os olhos sumiam.

• 50 •

E chegou o dia em que só havia bolinhas brancas. Os meninos ficaram relutantes. "No cavalo cego, não quero", reclamavam.

Outra noite, saiu do lugar o suporte que mantinha um dos cavalos cegos na plataforma. O cavalinho parecia pular, e o moleque que montava gritou: "Meu cavalo ficou louco, caramba!".

Daí em diante, os cavalos loucos e cegos eram os preferidos. Os meninos queriam porque queriam montar neles. Era uma aventura.

E nas noites de junho, com as festas de santo Antônio, são João e são Pedro, se via cidade movimentada. Em Matão naquele tempo, havia o Circo dos Toureiros; o Circo Briguela, de bonecos; o Circo Temperani, com seu homem-bala, disparado de dentro de um canhão; e o Circo dos Cavalinhos de Pau do Brandão. Muita gente, todos alegres. Então...

Ah, foi terrível! Nem gosto de lembrar. Os cavalinhos rodavam, rodavam, a toda a velocidade, quando o primeiro lampião estourou. O petróleo escorreu e, com ele, o fogo. Uma tira de fogo que comia tudo. Loucura! Um segundo lampião explodiu, e o terceiro. Os cavalos, ensopados de petróleo, começaram a queimar. O povo correu com vasilhas de água, mais bacias, baldes, panelas, penicos. Água de poço. Demorava muito entre uma vasilha e outra.

O fogo era rápido. Pouca água para muito fogo. Em duas horas, o circo estava no chão. José Maria lutou quanto pôde. Correu desesperadamente, se sujou todo, a cara preta de fuligem. Ele se molhou, quase desmaiou, sufocado. O fogo comeu o circo inteiro, cavalo a cavalo.

Acabado o fogo, o que sobrou dos cavalos era brasa, carvão e cinza. O povo foi para casa, era tarde. José Maria ficou sozinho, olhando para a fumaça que subia. Com o formão, foi a cada braseiro e retirou as bolinhas que tinham sobrado.

Seu avô passou a noite esticado no chão, ao lado da madeira, agora puro carvão — pedaços dos cavalos, pernas, um pescoço, enegrecidos. Segurava as bolinhas, que queimavam suas mãos quando recolhidas, tão quentes estavam. Contou. Havia trinta bolinhas, mais do que os olhos dos cavalos. Então, os moleques tinham

usado bolinhas de vidro nos estilingues? Aturdido, José Maria girava a cabeça: "Por que fizeram isso? Por que tanta maldade?".

Como se a vida tivesse algum sentido, minhas crianças! José Maria catou as bolinhas que encontrou e colocou numa lata vazia de óleo de cozinha.

Levou um mês para o avô de vocês recuperar o ânimo. Voltou ao trabalho. Era preciso viver. Mudou como pessoa, ficou caladão. Fez uma caixa de imbuia, pintou de vermelho, envernizou e guardou as bolinhas ali, cuidadosamente lavadas. Durante anos, trabalhou com a caixa aberta, deixando que o sol batesse e as bolinhas brilhassem. Até o dia em que fechou a caixa, trancou com chave e enfiou na estante. Essa, meninos, foi a caixa de onde um de vocês tirou as bolinhas.

Agora, fazer o quê? Me digam! Fazer o quê?

Estão quietos, calados, culpados.

Quem de vocês fez isso? Quem? Quem sabe, aponte quem foi!

9. Um dia, até o mundo vai se acabar

Nesse momento, vovô entrou na sala, encheu uma xícara de café quente, apanhou o último bolinho de chuva. Olhou para tia Margarida e disse:

— Não, não e não, minha cunhada! Não quero saber quem levou as bolinhas.

— Como não quer?

— Quem fez sabe o que fez. Não há quem não saiba por que faz.

— Malfeito é malfeito, precisa pagar. Você sempre quis saber quem foi.

— É a última coisa do mundo que quero. Resolve?

— Aquele que sabe quem foi tem de contar.

— Se alguém acusar quem foi, eu castigo! Isso não se faz. Página virada!

— "Página virada… página virada…" É o que você sempre diz.

— E sigo vivendo. Ouvi a história! Tudo certinho, você conta direito, Margarida.

Vovó, que sorria com a decisão de vovô — afinal, ela o conhecia —, acrescentou:

— Do jeito dela. Do jeito dela.

— Conta sim, Branca. Do jeito dela, mas não teve nada errado. A criançada precisava saber.

— Você devia ter contado.

— Nunca tive coragem. Não saía. Ficava na garganta, na boca do estômago. O peso acabou. Esse foi o meu Circo de Cavalinhos de Pau, meus netos! Dele, sobraram os olhos. Agora, os olhos se foram! Na vida, as coisas se vão, as pessoas se vão, eu irei, sua avó, todo mundo. Até o mundo um dia se vai, quem sabe?

cecece

No Natal, a festa de família era na casa de vovó Branca. Havia bolos, frango assado, maionese, macarrão. Onde estavam os presentes que vovô dava a cada um de nós? A cada Natal, ele fazia alguma coisa para cada um. Conhecia cada neto, cada vontade, cada gosto. Nunca errava — os brinquedos eram a nossa cara. Colocaram o Menino Jesus na manjedoura, e você, vovô, veio com uma caixa enorme. Foi distribuindo os pacotes malfeitos. Nunca foi bom de pacotes, mas não deixava ninguém fazer por ele. Fui o último.

— Você está crescendo. Precisa de um lugar para seus guardados. Seja o que for. Guarde aí somente as coisas muito importantes de sua vida. Vivi com esta caixa tantos anos! Agora é sua, meu neto.

Você me estendeu a caixa vermelha de verniz brilhante. Sorriu. Ah, vovô, por que sorriu? Você sempre soube.

Escrever para saber o que é a vida

Nasci em Araraquara, em julho de 1936. Era costume colocar nos filhos o nome do santo do dia, de modo que ganhei o meu por causa de santo Ignácio de Loyola, fundador da Companhia de Jesus, os jesuítas. Por anos, quando era apresentado a alguém ouvia a brincadeira irritante: "Mas não é o santo?". Nunca fui.

Fiz o curso primário (Fundamental I, hoje), o secundário (Fundamental II) e o pré-universitário (Médio). Não fiz faculdade, precisava trabalhar e estudar. Compensei com esforço próprio lendo e estudando por minha conta e viajando. Viajar é uma bela maneira de aprender. Não gostava de matemática nem de física, mas era bom em história e português. Fui sempre o melhor em redações. Pobre, magro, tímido, esquisito (assim me sentia, talvez nem fosse), tinha de me destacar em alguma coisa e inventava textos incríveis que os professores liam para a classe. As meninas gostavam e me olhavam. Comecei a fazer literatura para ser admirado por elas, depois tomei gosto, passei a fazer para mim mesmo, para meu prazer, para me divertir e emocionar e descobri que assim fazia também para os outros.

Fui escrevendo contos, fiz um romance e não parei mais desde 1965, quando lancei *Depois do Sol*. Meu primeiro romance foi *Bebel que a cidade comeu*, uma história de fama e televisão. A loucura das pessoas que querem ser famosas sempre me fascinou, tanto que anos atrás publiquei um romance, *Anônimo Célebre*, sobre isso, muito irônico. Ironia faz parte de minha vida, ainda que minha cara seja séria, brava.

Escolhi jornalismo porque assim podia conhecer a vida, as pessoas, viver de escrever. Fui jornalista a vida inteira, ainda sou, hoje faço crônicas quinzenais para o jornal *O Estado de S. Paulo*. A crônica é um pedaço da realidade tornada literatura. Escrevendo aqui, escrevendo ali, tenho hoje 40 livros publicados (aliás, 41 com este) entre romances, contos, crônicas, infantis, viagens e uma peça teatral. Só não fiz poesia.

Vivi na Itália e na Alemanha. Falo italiano, mas alemão nunca aprendi, é uma dureza, mas adoro Berlim, cidade maluca, deliciosa. Com meu livro infantil *O menino que vendia palavras* ganhei o Prêmio Jabuti como Livro de Ficção do ano, em 2008. Uma beleza, porque a crítica despreza a literatura infantil e ela é tão séria quanto a que é feita para adultos. Aliás, tem uns livros para adultos bem chatos.

A literatura para mim é uma coisa muito grande, essencial. Um dia perguntei a um professor: "O que é a vida?". E ele: "Vivendo você vai aprender". Assim, escrevendo, todos estes anos venho tentando descobrir o que é a vida, qual o seu sentido. Como não consigo – como todos escritores fazem a mesma pergunta e escrevem por isso –, continuo escrevendo. Um dia descobrirei? Da mesma maneira, leio e vivo. Porque talvez a leitura e a vida me tragam a resposta.

Nasci e vivo em São Paulo desde sempre. Papel, lápis, tintas e pincéis sempre fizeram parte da minha rotina. Formei-me pela Faculdade de Belas Artes e transitei pelos diversos campos das artes e suas ramificações. Mas foi na literatura, ilustrando e escrevendo, onde encontrei um motivo maior para me dedicar: contar histórias.

Ilustrei obras de diversos autores, como Ruth Rocha, Ana Maria Machado, entre outros. Alguns dos meus trabalhos, em parceria com outros autores, já foram selecionados para o catálogo da Fundação Nacional do Livro Infantil e Juvenil e Prêmio Jabuti. Os livros que escrevi e ilustrei são: *A menina que procurava*; *A menina e o vestido de sonhos*; *Um universo numa caixa de fósforos*; *Me encontre no sexto andar* e *A princesa e o pescador de nuvens*.

O texto mágico de Ignácio de Loyola Brandão me fisgou desde o princípio. Não estou falando de *Os olhos cegos dos cavalos loucos*, estou falando de antes disso, quando comecei a tomar gosto pela leitura. Loyola despertou em mim o gosto por um tipo de literatura e a partir disso, fui descobrindo gêneros literários e autores que amo até hoje. O sr. Loyola causou uma pequena revolução na minha cabeça e eu, que passei a vida toda admirando esse escritor de longe, agora estou aqui, tão perto.